혼자인 그대에게

소소의 기쁜편지 1

혼자인 그대에게

지은이 | 신효원
펴낸이 | 신중현

초판 1쇄 인쇄 | 2012년 8월 30일
초판 1쇄 발행 | 2012년 9월 1일

펴낸곳 | 도서출판 학이사
         대구광역시 중구 국채보상로 101길 15(동산동)
         053-554-3431~2
         http://www.학이사.kr

ⓒ 신효원, 2012
ISBN 978-89-93280-45 66

혼자인 그대에게

가지 않은 길 당신을 향한 연주
내가 나인 것 끝난 사랑은 없다
연등 다독다독 기다림은 예술이다

책을 내며

사월부터 날마다 편지를 쓰기 시작했습니다.
꽃바람 봄소식을 어디든 전해야 되겠더군요.
카페 '소소의 기쁜 편지' 회원들에게 보내면서
기억도 아득히 멀리 떠난 이들과
소식이 자꾸 멀어지는 이들도 생각했습니다.
그리고 가끔 이런 간절한 심정으로 썼습니다.
제 부끄럽고 미안한 편지를 보내는 것은 그들의
그립고 슬픈 답장을 세상에 전하기 위한 것이라고.

회원들의 답글과 아내의 응원이 힘이 되어
오늘 백 번째 편지를 보내고 책으로 묶습니다.
아직 전할 얘기가 더 있어 더 쓰려고 합니다.
밤새워 편지 쓰고 종일 기다린 적 있었겠지요.
세월 가니 쓰고 기다린 시간 모두 좋았습니다.
그리운 그대여, 언제나 혼자인 그대여,
다시 편지를 쓰고 기다리는 우리 마음도
이제는 두루 넉넉하고 편안했으면 좋겠습니다.

2012년 8월 28일
소소 신효원

차례

'당신이 바라는 것이 무엇이든 간에
그것을 일만 번 말하면 그대로 이루어진다.'

제1부

가지 않은 길

선입감

작년까지 순댓국을 먹지 못했습니다.

아예 비위에 맞지 않는 음식으로 여겼지요.

좋다고 먹는 사람들이 좀 이상했습니다.

지난여름에 단체로 순댓국집에 가게 되었습니다.

여럿이 권해서 먹었는데 의외로 맛이 좋더군요.

어제도 점심으로 순댓국을 먹었습니다.

그동안 한 번도 먹어보지 않고 맛에 대해

혼자서 지레짐작하고 단정했던 것이지요.

음식이나 사람이나 지역이나 등등,

그렇게 선입감을 갖는 경우가 많습니다.

그래서 미리 싫다 좋다 선을 긋고

미리 사람을 판단하고 재단하고 심판하는 것이지요.

선입감이 굳어지면 고정관념이 됩니다.

스스로 장벽을 세우고 감옥에 갇히는 것이지요.

'닥터 지바고'에서 라라가 연인을 이렇게 말합니다.
"그는 선입감을 갖고 사람을 대하지 않아요."
비운다, 내려놓는다는 것은
선입감과 고정관념에서 해방된다는 의미지요.
'천사가 날 수 있는 것은
스스로 가볍게 할 수 있기 때문입니다'

이 편지 선입감을 갖고 읽지는 않겠지요.

미운 것과 미워하는 것

십년도 더 전에 누구를 몹시 미워했습니다.
어느 날은 그로 하여 하루 종일 무거웠고
새벽까지 잠들지 못 할 때도 많았습니다.
피정에서 그걸로 고백성사를 보았습니다.
"미운 것과 미워하는 것은 다른 문제지요."
창 너머 노사제의 음성이 따뜻했습니다.
"그리고 형제여, 자신을 잘 들여다보면 내가
결코 그보다 낫지 않다는 것도 알 수 있습니다."
비로소 무거운 짐을 내려놓을 수 있었습니다.
감정과 행위를 분별하지 못했던 것입니다.
화난다고 모두 화를 내는 것은 아니지요.
그리고 찬찬히 돌아보니 같은 상황에서
내가 그보다 더 했으리라는 것도 알았습니다.

미운 것과 미워하는 것은 다른 문제입니다.
짜증나는 것과 짜증내는 것도 다른 것이고.
그러나 기쁜 것은 바로 기뻐해야지요.

비밀

아내의 전화가 매양 반갑지만은 않았습니다.
더러 '아내' 라는 문자가 뜨면 덜컥 뜨끔했습니다.
명령권자나 감시자는 부담스럽기 마련이지요.
설레며 기쁘게 전화를 받고 싶었습니다.
휴대폰을 바꿀 때 호칭도 바꾸었습니다.
'아내' 를 지우고 '기쁨' 으로 고쳤습니다.
차츰 '기쁨' 이 기쁨으로 이어졌습니다.
일상의 호칭도 '기쁨 씨' 로 변했습니다.
기쁨 씨로 불리어진 아내도 기쁨이 되었습니다.
꽃이라 불러주면 누구나 꽃이 되어 옵니다.
부담스러운 사람의 호칭을 한번 바꾸어 보시지요.
사랑, 감사, 친절, 자비, 맑음, 푸름, 고요 등등.
'푸른 늑대와 춤을' '조용한 달빛 보기' 같은
인디언식 이름으로 만들어 보시든지.

그들은 이름만큼 지혜로운 속담을 갖고 있습니다.
'당신이 바라는 것이 무엇이든 간에
그것을 일만 번 말하면 그대로 이루어진다.'

당신에게만 알려드리는 비밀인데요.
'말을 바꾸면 운명도 바뀝니다.'

"그럼 그렇게 해"

수년 전 배우 김호진이 주인공인 연속극이 있었습니다.
아내가 좀 까다로워 부부간에 늘 갈등이 조성되었는데
날선 대화를 남편 김호진이 항상 이렇게 마무리하더군요.
"그럼 그렇게 해."
그는 굳이 이기려 하지 않았습니다.
다툼을 길게 끌고 가지 않았습니다.
어떻게든 막아보려던 이혼도 결국 그렇게 승낙합니다.
"그럼 그렇게 해."
그의 표정과 말투가 인상 깊었습니다.
제가 가지지 못한 면을 보여주었기 때문이겠지요.
그는 대체로 제 의견을 고집하지 않았습니다.
쉬운 일은 아니지만 상대방이 반대하면
아쉬워도 내 주장을 내려놓는 모습이 보기 좋습니다.
사실 누구 의견이 옳을지는 알 수 없지요.

그의 생각이 옳을지도 모릅니다.

미래를 꿰뚫어 볼 능력은 누구에게도 없으니까요.

확신은 집착일 경우가 많습니다.

사랑은 그 사람 앞에서 내 의견을 고집하지 않습니다.

웬만하면 기쁘게 응답하시지요.

"그럼 그렇게 해."

참 편하시겠습니다.

친절이 가장 남는 장사다

어떤 성인이 세상을 떠나려고 했습니다.
임종을 지키던 제자들이 한 말씀을 청했습니다.
평생 얻고 닦은 지식과 지혜가 녹아 든 말씀을
유언이자 교훈으로 새겨듣고 싶었던 것이지요.
마침내 스승이 마지막 말씀을 남겼습니다.
"친절하여라."

은행에 가면 '이달의 친절 직원' 사진이 보입니다.
시청의 '친절 공무원'은 그달 홍보물에도 실립디다.
그동안 우리 서로 친절하지 못했다는 반성이고
친절이 소중한 걸 이제 알게 되었다는 증거겠습니다.
우리는 학교에서 꼭 필요한 것을 배우지 못했습니다.
지금도 정말 중요한 것은 가르치지 않지요.
사람을 만나고 사회생활로 진입하기 위해서는

친절과 겸손, 이런 것이 필수요건인데도 그렇습니다.
다정하고 상냥한 사람이 좋습니다.
아니 그런 사람만 좋습니다.
그래서 오늘 당신이 그립습니다.

어느 사업가가 아들에게 남긴 말도 그랬습니다.
"친절이 가장 남는 장사다."

질투는 나의 힘

여자가 시기 질투가 심하다고 하는데
남자도 그에 못지않습니다.
적어도 제 경우에는 그랬습니다.
다른 이들의 성공이 두렵고 불편할 때가 많았거든요.
그들의 실패에 안도하고 위안을 얻기도 했습니다.
그의 실패가 나의 성공으로 이어지는 것이 아닌 데도요.
그만큼 일상에서 성취감을 느끼지 못했다는 뜻이지요.
자연 나보다 못한 사람에게는 안심하고 너그러웠습니다.
이래저래 때로는 자책하고 고통스러웠습니다.
요즘은 좀 괜찮습니다.
누구의 성공과 실패에 그리 흔들리지 않습니다.
있는 그대로 받아들여 기뻐하거나 염려하지요.
스스로 성취감을 얻기 위해서는
그러니까 질투에서 새로운 힘을 얻으려면,

먼저 내가 하고 싶은 일을 찾아야 합니다.

하고 싶은 일이 없으면 삶이 기계적이 되고

하고 싶은 일을 하지 못하면 신명이 없지요.

누가 참 의미 있는 말을 했더군요.

"오늘 할 일을 내일로 미루고 오늘은 하고 싶은 일을 하자."

다음은 마음을 채워야 하는데요.

참선을 하든 길을 가든 세월에 맡기든 어찌하든

그건 각자의 몫이지요.

아니면 무조건 감사하는 훈련을 하시든지요.

내일 비 소식 있습니다.

넉넉히 내렸으면 좋겠습니다.

돈 버는 방법

오늘은 좋은 선물을 드립니다.
돈 버는 확실한 방법입니다.
영국의 저명한 사회학자가 노년에 통찰한 내용인데요.
예를 들면 이렇게 하는 것입니다.
식당에서 식사비를 낼 때 돈에게 이런 마음을 전합니다.
"너 덕분에 맛있게 식사하고 허기를 면했구나. 고맙다."
돈에게 감사하는 것이지요.
그리고 바로 돈을 주면 안 되고 이번에는 축복을 합니다.
"돈아. 세상에 나가서 좋은 일에 잘 쓰이도록 해라."
마지막으로 나의 소망을 대략 담습니다.
"내가 너를 꼭 필요로 할 때 백만 배가 되어 돌아오너라."
감사와 축복과 소망을 담아 돈을 쓰라는 것이지요.
시간이 많이 걸린다는 걱정은 할 필요가 없습니다.
마음이 그러하면 일일이 말하지 않아도 되겠습니다.

그 학자가 그냥 흘려듣지 말고 꼭 실행해 보라던데요.
또 반드시 백만 배쯤 요청하라고 했습니다.
혹시 못 미더우시면 우선 사람에게 실습해 보시지요.
만나서 헤어질 때 돈에게 말하듯이
감사와 축복과 소망을 담아 진심어린 인사를 합니다.
그 후에 그가 나에게 어떻게 다가오는지 확인하시기를.
사람도 그럴진대 하물며 돈뿐이겠습니까.

간절한 마음은 이르지 못할 데가 없습니다.

가지 않은 길

지난 일요일에 천주교 신자들이 모인
'전국성령대피정' 에서 사회를 맡았습니다.
처음 부탁을 받았을 때는
말이 느리고 낯가림이 심해 적임자가 아니라는 생각과
하면 잘 할 수 있겠다는 생각이 오락가락했습니다.
사천여 명이 모인 큰 행사였는데 종일 뜨거웠습니다.
긴장 속에 시작했지만 갈수록 분위기가 손안에 잡혔습니다.
끝날 때 사회자도 많은 박수를 받았습니다.
제 자랑 아닌 것은 아시지요.
그날 돌아오면서 '가지 않은 길' 을 생각했습니다.

먼 훗날에 나는 어디에선가
한숨을 쉬며 이야기할 것입니다.

숲속에 두 갈래 길이 있었노라고.
나는 사람이 적게 간 길을 택하였노라고.
그리고 그것 때문에 모든 것이 달라졌다고.'

〈가지 않은 길〉 로버트 프르스트

그러나 그때는 보이지 않는 길이 더 많았습니다.
마흔 무렵에야 문득 토크쇼 진행을 했으면 했으니까요.
진작 그리로 갔으면 괜찮은 사회자가 되었을지도 모르지요

아직도 보이지 않는 길, 가지 않은 길이 있습니다.
당신이 꼭 가야할 길, 그래야 채워질 길.
당신 가슴에 있는 당신만이 알 수 있는 길.
그런데 아직도 당신이 모른 척 하는 길.

느긋하게 더 멀리

오늘은 학생들이 등교하지 않습니다.
주말 이틀을 안동시 평생학습축제에 참가해서
대신 내일까지 쉬기로 했습니다.
우리는 서예와 네일아트 체험 학습을 준비했는데
어른 아이 없이 인기가 좋았습니다.
정성껏 봉사하는 우리 아이들도 장했습니다.
불평도 대충대충도 없더군요.
좋아하는 일, 하고 싶은 일이어서 그랬겠지요.
기쁨을 주면 나도 기뻐진다는 건 덤으로 얻었고요.

우리 학교는 위탁형 대안고등학교입니다.
공부가 싫거나 관계에 어려움을 겪거나
다른 방식의 수업을 원하는 아이들이 옵니다.
미용사가 되려는데 야자까지는 필요 없지요.

공부는 좀 천천히 자기가 알아서 하면 됩니다.
하고 싶은 일, 하고 싶은 마음을 갖는 것이 먼저지요.
간섭 말고 스스로 알 때까지 기다리면 됩니다.
기다리면 다 제자리로 돌아옵니다.
늦어도 그리 늦지는 않거든요.
아등바등해도 나중에 헛살았다는 사람 많습디다.
아이들에게서 느긋하게 멀리 보기를 배웁니다.

종일 빈 학교
참 고요합니다.

자기 자리

삼월에 새 교사로 이사를 했습니다.
숲이 가깝고 전망이 훤합니다.
앞에는 잔디밭이 시원한데
넓은 만큼 잡초 관리가 일입니다.
씀바귀가 제일 심합니다.
노란 꽃이 귀여워 그냥 두면
사나흘 만에 온통 노랗습니다.
아카시아 새싹도 많이 돋습니다.
아이들과 구역을 나누어 수시로 뽑습니다.
잔디밭 울타리에는 장미가 한창입니다.
그 너머서는 아무도 잡초가 아닙니다.
아카시아 숲에는 새싹들이 싱싱합니다.
옆에는 씀바귀도 우거져 무성합니다.
나무처럼 풀처럼 혹은 돌멩이같이

사람도 저마다 있어야 할 자리가 있습니다.
제 자리에 앉아 있으면 아무도 일어나라 않겠지요.

씀바귀가 잡초가 되고
잡초가 씀바귀가 되는 이치를 생각합니다.

모든 사람을 만족 시킬 수 있는 노래는 없습니다.
한 사람의 마음을 움직이면 세상도 따라 옵니다.

제2부

당신을 향한 연주

눈부시고 맘부시고

연두색 잎이 곱습니다.
어제는 손톱만하더니 오늘은 발톱만합니다.
앞산 봉우리들도 하루가 다르게 부풀어 오릅니다.

솔제니친의 짧은 수필이 생각납니다.
강제노동수용소의 죄수가 그날도 고된 노동을 합니다.
시베리아의 강추위와 굶주림으로 겨우 움직입니다.
아내의 얼굴마저 가물거릴 세월을 그렇게 보냈습니다.
썩은 나무둥치를 옮기다가 잠시 멈춥니다.
흙에 묻혀 있던 곳에 새싹이 돋고 있었습니다.
그것을 만지며 그는 속으로 말합니다.
 '너희들이 우리에게서 모든 것을 빼앗아가더라도
이 아름다운 것을 아름답게 볼 수 있는 마음만 있으면
우리는 살아갈 수 있다.'

햇볕에 끌려 밖에 나갔습니다.
나무들이 제법 그늘을 만들었습니다.
꽃은 꽃대로 눈부시더니
잎은 잎대로 맘부십니다.
여기저기 이것저것 참 아름답습니다.

당신을 향한 연주

오후에 강변벚꽃축제에 갔습니다.

주말보다 한산하고 꽃이 지기 시작했습니다.

벚나무 아래로 걸었습니다.

꽃그늘 아래서는 그 사람만 생각해야지요.

그래야 꽃비가 그리움으로 간절합니다.

글쓰기도 마찬가지인 것 같습니다.

미국의 작가 브렌다유랜드의 얘긴데요.

그의 피아노 연주를 들은 음악가가 충고를 했습니다.

"연주가 아무 데로도 향하지 않는군요.

당신은 늘 누군가에게 들려주듯 연주해야 합니다.

강물에게, 신에게, 이미 죽은 어떤 사람에게,

혹은 방안에 있는 누군가에게 들려주는 거지요.

어쨌든 연주는 누군가를 향해 이루어져야 합니다."

글을 쓸 때도 한 사람이나 한 곳을 향해야 합니다.

모든 사람을 만족 시킬 수 있는 노래는 없습니다.
한 사람의 마음을 움직이면 세상도 따라 옵니다.

벚꽃이 참 눈부셨습니다.
그 사이 하늘도 맑았습니다.

마음을 열면

어제 mbc '나가수'에 출연한
이수영이라는 가수가 청중에게 부탁했습니다.
"귀만 열어 주시면 좋겠습니다.
마음은 제가 열겠습니다."
유난히 체구가 작은 이 여자는
온몸으로 노래했고 일등이 되었습니다.
약속대로 듣는 사람의 마음을 연 것이지요.
어떤 이들은 어제의 감동을 오래 기억할 것이고
그 기억이 때때로 그의 삶을 움직여 갈지도 모릅니다.

그렇습니다.
삶을 움직이는 것은
마음을 울려 마음에 남은 순간순간의 기억,
작은 감동들이지요.
처음 본 하늘,

어머니의 가슴 냄새,
첫 소풍 날,
초파일의 연등,
스무 살의 이별,
어느 날의 빗소리 파도소리 혹은 풍경이나 사람,
그리고 세월 속에 살아있는 시간들.

사람마다 생각이 다르고 표정이 다른 것도
간직하고 있는 기억의 모습이 다르기 때문입니다.
그러므로 다정하게 바라볼 것,
이것저것 놀라워할 것,
자주 감동할 것,
어떤 것은 오래 생각할 것,
더 고요해질 것.

오늘

해마다 책을 내는 선배가 있습니다.
외딴 산골에서 두 분이 행복하시더군요.
그저께 올해의 시집이 도착했습니다.
112 편의 기도시가 실렸습니다.
고요히 기도하는 시인을 생각합니다.

'멍하니 허공을 바라보거나
쫓겨서 하늘을 바라보지 못하는 지금을
오늘이라 부르지 않게 하소서
뜨거움 없이 좋은 삶 기다리는 지금을
오늘이라 부르지 않게 하소서
마음이 하늘에 깨어

생생히 푸르게 흐르는 지금 이날을

오늘이라 부르게 하소서'

〈기도〉 김영수

해지고 산그늘 내려옵니다.

오늘, 어떠셨는지요.

부디 이 사람만은

1970년대 영화 '애니 홀'에서
여주인공이 남자를 만날 때 이런 바람을 가집니다.
'오 하느님, 부디 이 사람만은
하나마나한 얘기를 하는 사람이 아니면 좋겠어요.'

하나마나한 얘기는 어떤 얘기일까요.
상투적인 말, 의례적인 말, 폼 잡는 말,
겉과 속이 다른 말, 그런 빈 말로 채워진 얘기.

들을 만한 얘기는 어떤 것일까요.

지금 거기서 그 사람에게 꼭 필요한 말.

경험했거나 오래 생각해서 내 것인 얘기.

그래서 거짓이 없는 말.

감사와 경이로움.

사랑한 얘기나 사랑하는 얘기.

말보다 눈빛.

진심이 전해지는 마음속의 말 같은 것.

독서법

추사 김정희는 매력적인 인물입니다.

학문과 예술과 인격이 절정의 조화를 이루었지요.

그가 이런 말을 했습니다.

"가슴 속에 만 권의 책이 들어 있어야

그것이 흘러 넘쳐 그림과 글씨가 된다."

글을 쓰는 데는 더 물론이겠지요.

문제는 하루 한 권씩 읽어도 삼십여 년이 걸린다는 겁니다.

누구 기죽이는 말씀이지요.

그런데 가만히 생각해보니

만 권을 읽는 자세로 세상을 공부하라는 얘기 같습니다.

옛날에 만 권의 서적이 어디 있었겠습니까.

그러니 나무를 볼 때 더 자세히 보고

사람을 대할 때 더 지극히 대하라는 것이지요.

마음으로 보고 의미를 찾으라는 것.

그러면 저 앞의 나무로 한 권을 읽고
이제 만날 사람으로 두 권째 읽는 셈이겠습니다.
오늘 남은 시간 더 많이 읽으시기를.

지금 저녁놀을 한 시간 바라보신다면
글쎄 몇 권에 값할는지요.

나를 사랑하나요

사람들은 사람을 만날 때
대부분 그와 앞으로 어떤 관계를 맺을지
무의식적으로 판단한다고 합니다.
그래서 당신에게 먼저 눈으로 묻습니다.
"나를 얼마나 사랑하나요?"

생각해 보니 그랬습니다.
어제 오늘 저를 향한 눈빛들이 모두 그랬습니다.
나 역시 그런 표정으로 그들에게 물었겠지요.
그래서 기쁘거나 서운했고 덤덤하고 무안했습니다.

"나를 얼마나 사랑하나요?"
라고 묻는 우리는 저마다 외롭습니다.
정답은 물론 "당신을 정말 사랑합니다." 입니다.
눈으로 표정으로 그렇게 답해야지요.
먼저 내 안을 따뜻한 마음으로 채우고
자신의 '최고의 얼굴'을 만듭니다.
밝은 미소와 다정한 한마디.
사랑도 훈련이고 습관이지요.

고 백

고1 여름방학에 어디를 지나다
어느 중학교에서 쉰 적이 있습니다.
나무 그늘이 운동장을 덮어가는 것을 보면서
이런 산골에서 선생을 했으면 했는데요.
생각대로 그렇게 되었습니다.
처음 삼 년은 참 눈부셨습니다.
아이들도 눈부시고 나뭇잎도 눈부셨지요.
그때는 아직도 햇볕으로 환하게 남습니다.
다음부터는 직업이 되어 답답했습니다.
대체로 대충대충 이십년을 보냈습니다.
그래서 스승의 날이 되면 더 민망해서
문자에도 답을 편하게 할 수 없습니다.
요즘 가끔 그런 생각이 듭니다.
이렇게 날마다 편지를 쓰는 것은

대충대충 대한 그 아이들에게
내 미안함을 전하기 위한 연습이라고.
그리고 만났던 모든 이에게
내 부끄러움을 고백하기 위한 준비라고.

연

바람이 나뭇가지를 흔들며 세게 붑니다.
서해로 올라가는 태풍의 여파인 것 같습니다.
흐린 구름이 낮게 내려와 있습니다.
하늘과 땅과 바다가 어제오늘 부산합니다.
연을 날리던 소년의 이야기가 생각납니다.

들판을 지나가던 사람이 물었습니다.
"애야, 무엇을 하느냐?"
소년이 하늘을 향한 채 대답했습니다.
"연을 날리고 있어요."
"연이 어디에 있느냐?"
"저기 구름 속에 들어가 있어요."
"거기 연이 있는 것을 어떻게 알 수 있느냐?"
소년이 계속 줄을 만지면서 말했습니다.

"보이진 않지만 손안에 당겨지는 힘을 통해
연이 저 안에 있는 것을 확신할 수 있어요."

보이는 것만이 진실은 아닙니다.
사실 우리가 볼 수 있는 것은 미미하지요.
이따금 누군가 내 마음을 만지시고
영혼의 줄도 당겨 주시면 좋겠습니다.
때로 우리는 너무 외롭고 너무 부질없으므로.
바람 센 오늘, 당신을 생각합니다.

혼자인 그대에게

어제는 저녁 일곱 시 반에 햇빛이 사라지고
그늘 속에 사방이 고요했습니다.
친구 수녀님 말씀이 생각났습니다.
"이맘 때는 둘이 있어도 혼자인 것 같아요."
바로 그런 시간이 잠시 멈추어 서더군요.
이윽고 어둠이 다가오고 어둠이 깊어졌습니다.
풀벌레 울고 별이 하나 하나 나타나고
혼자인 사람은 더 혼자였습니다.

초등학교에 들면서 사랑채서 늘 혼자 잤습니다.
바람소리 문풍지소리 앞산 솔바람소리
혼자 있던 시간들이 긴 추억이 되었습니다.
누구에게나 그렇지요.
외로워서 추억이고 외로워서 아름다우니까.

언제부터 혼자가 익숙하고 괜찮았습니다.
당신도 이젠 편하고 잘 지내시겠지요.
혼자여야 사람이 더 그립고 더 반갑습니다.
혼자여야 풀벌레 소리 들리고 별이 보이지요.

여전히 혼자인 그대여,
오늘도 외로운 그대여,
그래서 당신이 좋습니다.

저만치

산에
산에
피는 꽃은
저만치 혼자서 피어 있네.

김소월의 '산유화' 한 구절인데요.
이 시를 처음 읽고서부터
'저만치' 라는 말에서 자주 머물렀습니다.
이쪽에서 보면 다가갈 수 없는 거리고
저쪽에서는 한 발씩 물러나는 자세 같았습니다.
그대와 나의 관계도 늘 그렇게 섭섭했습니다.
그리고 세월이 많이 흘렀습니다.
'저만치' 서 우리는 서로 편해졌습니다.
나무도 서로 저만치 떨어져서 바라보고
별들도 저만치서 서로 반짝이더군요.

그래서 더 눈여겨보고 귀담아 들을 수 있습니다.
'저만치'는 내 원래의 자리입니다
거기서 외롭지 말고 넉넉하시면 좋겠습니다.
이 무더위도 저만치서 대하면
견딜 만할 것 같습니다.

"상대가 좋게 대하면 기분 좋고 나쁘게 대한다고 나빠지면,
그렇게 그의 태도에 따라 흔들리면 나는 어디에 있는가."

제3부

내가 나인 것

그 가방 하나 들고

'두 여인의 고향은 먼 오스트리아
이십 대 곱던 시절 소록도에 와서
칠순 할머니 되어 고향에 돌아갔다네
올 때 들고 온 건 가방 하나
갈 때 들고 간 건 그 가방 하나
자신이 한 일 새들에게도 나무에게도
왼손에게도 말하지 않고

더 늙으면 짐이 될까봐
환송하는 일로 성가시게 할까 봐
우유 사러 가듯 고향에 돌아간 사람들

엄살과 과시 제하면 쥐뿔도 이문 없는 세상에
하루에도 몇 번 짐을 사도 오리무중인 길에
한번 짐을 싸서 일생을 마친 사람들

가서 한 삼 년
머슴이나 살아주고 싶은 사람들'

　　　　〈가방 하나 들고〉, 백무산

시 속의 두 여인은 마리안과 마가렛 수녀입니다.
43년 동안 소록도에서
한센병 환자들 어머니가 되어 봉사하다가
2005년 고향 오스트리아로 돌아갔습니다.
더 늦으면 도리어 짐이 될까봐
우유 사러 가듯 아무도 모르게 떠났습니다.
올 때 들고 온 여행용 가방 하나 들고.

궁합

이십대에 세계적인 갑부가 된
페이스북의 창업자 저커버그가
소탈한 결혼식을 올려 화제가 되었습니다.
신부는 하버드에서 만난 중국계 미국인이었습니다.
두 사람은 9년간 사귀었는데
챈은 남자 친구에게 많은 영감을 주었다더군요.
한 신문이 그녀를 이렇게 묘사했습니다.
'챈은 저커버그가 더 나은 남자가 되도록 하는 여자다.'

아내에 대해 그보다 더 멋진 평가가 있겠습니까?
남편의 경우도 마찬가지지요.
'그는 아내가 더 나은 여자가 되도록 하는 남자다.'
그러면 궁합이 잘 맞는 사이겠습니다.
궁합이 맞는 사람에 대해서 생각해 봅니다.

'함께 있으면 편안한 사람.
그와 있으면 내가 대단한 사람으로 느껴지는 사람.
그래서 나를 조금씩 향상되게 하는 사람.'

궁합은 부부 사이만 맞추는 것은 아니겠지요.
친구도 이웃도 오늘 우연히 만난 사이도
두루 잘 그랬으면 좋겠습니다.

축복

국제사회복지사인 김해영 씨의 키는 134cm입니다.
앉는 것도 서는 것도 걷는 것도 불편한데
열네 살부터 네 동생을 돌보기 위해 식모살이를 했습니다.
뒤에 직업훈련원에 가서 악착같이 공부하고 익혔습니다.
야간 검정고시학원에서 오래 앉아 있으면
집에 와서 허리 통증으로 두 시간씩 울었습니다.
매일 포기하고 싶었지만 매일 새롭게 다짐했습니다.
편물기술로 국내기능경기대회를 휩쓸고
1985년 세계장애인기능경기대회에서 금메달을 땄습니다.
"손으로 하는 일에는 뒤처진 적이 없습니다.
허리와 다리가 약한 반면 손힘이 발달한 거지요.
뭘 새로 배우는 걸 겁내지 않았습니다."

어떤 상황에서도 할 수 있는 일이 있고
누구에게나 잘 할 수 있는 일이 있습니다.
문제는 간절한 소원과 집중과 끈기이지요.
스물여섯에 아프리카의 작은 나라 보츠와나에 가서
14년 동안 가난한 아이들에게 편물을 가르칩니다.
아이들이 떠나지 말라고 해서 십 년을 더 있었던 것이지요.
2004년 모두 불가능하다고 말렸지만
맨손으로 미국에 가서 대학을 졸업하고
명문 컬럼비아 대학원에서 석사과정을 마쳤습니다.
그녀는 굽이 10cm인 뭉툭한 구두를 신습니다.
멋 때문이 아니라 의자에 앉으면 다리가 허공에 떠서
몸의 균형을 잡지 못하기 때문입니다.

높은 굽이 부족한 10cm를 채워주는 셈입니다.

다시 태어나면 곧은 등, 긴 다리를 갖고 싶으냐는 물음에

작은 거인은 행복하게 웃었습니다.

"물론입니다. 허지만 그래서 또 놓치는 것이 있겠지요.

내가 견뎌낼 만한 고통이 있다는 것은 축복입니다."

명함 만들기

늦은 감이 있었지만 오십에 명퇴를 했습니다.
한 우물을 오래 파는 것이 반드시 좋은 일은 아니지요.
선생은 할 만큼 했고 하고 싶은 다른 일이 있었습니다.
그리고 혼자서 심심할 겨를 없이 바쁘고 즐거웠습니다.
그런데 여기저기 다니다보니 명함이 필요하더군요.
막상 만들려니 적절한 직함이 없어 난감했습니다.
초등학교 동창회장과 봉사단체 회장을 하고 있었지만
명함에 내세울 만한 직책은 아닌 것 같았습니다.
양면을 온갖 직책으로 채워 내미는 친구들이 부럽더군요.
고심 끝에 '소소 농원' 밑에 제 이름을 넣었습니다.
그때 주말마다 고향집에 가서 텃밭 농사를 했거든요.
이것저것 설명하기 곤란해 농사짓는다고 한 것입니다.
'소소'는 작은 채소밭이라는 뜻인데
'농원'은 좀 심했지요.

내
가
나
인
것

63

그 후 서너 번 명함을 바꾸었습니다.

인사를 나누면 으레 명함을 주고받는데 그게 편합니다.

전화에 이메일까지 알려야하니 이젠 필수품이지요.

명함을 달라고 하면 손사래 치는 이들이 있습니다.

내가 무슨 명함이냐는 겸양이지요.

사실은 겸양이 아니라 스스로 자신을

우습게 보는 것입니다.

자격을 따진다면 당신만한 자격도 없습니다.

굳이 비교하자면 이렇습니다.

엄마 되는 일이 회사 하나 창업에 충분히 값합니다.

아이 셋을 낳고 키웠다면 중견 재벌 회장인 셈이지요.

착하고 열심한 당신이 언제나 최고입니다.

여름이 가기 전에 명함을 만들면 좋겠습니다.

직책이 필요하면 귀퉁이에 하나만 적고

나를 잘 표현하는 구절을 큼직하게 넣습니다.
'꿈을 찾아가는 아줌마' 나 '가슴이 따뜻한 남자'
혹은 '사랑밖에 난 몰라' 라든가, 어쩌든가.
이제 명함은 상대에 대한 배려이고 예의입니다.
그리고 자기표현과 소통의 시작이고요.
다음 만날 때 멋진 명함 부탁합니다.

만점 당신

모임에서 가끔 묻습니다.
자신에게 100점 만점에 몇 점을 주겠느냐고?
만점을 주는 이는 거의 없더군요.
절반 정도는 자신에게 낙제점을 줍니다.
채점기준도 자기가 정하고
채점도 직접 하는데 그렇습니다.
겸양이 아니지요.
비교하는 태도와 열등감 때문입니다.
그래서 우리는 너무나 힘들었습니다.
내가 나를 50점짜리라고 생각하면
남도 나를 반드시 50점짜리로 여깁니다.
좋아하고 미워하는 걸 귀신같이 알듯이
어떤 때는 사람들이 내 속을 나보다 더 잘 알거든요.
그러니 스스로 100점을 주면

다른 이들도 100점짜리로 대접합니다.

내가 나를 사랑해야 다른 사람도 나를 사랑합니다.

먼저 나를 사랑해야 다른 이들도 사랑할 수 있습니다.

세상에 나보다 더 소중한 존재는 없습니다.

해도 달도 나를 위해서 뜨고 집니다.

내가 없으면 우주도 사라지니 나는 우주에 값합니다.

사소한 것에 움츠리고 기죽을 필요 없습니다.

'그리고 모든 것은 사소합니다.' (리처드 칼슨)

오늘 시간마다 "나는 100점짜리다." 라고 외쳐보시지요.

덧붙여 나와 함께 있는 당신도 100점이라고.

만점 당신, 참 눈부십니다.

선화궁

어느 농촌 빈 터에 삼 년째
서커스 공연장 같은 큰 천막이 쳐져 있습니다.
그 안에서 한옥이 형체를 갖추고 있는데요.
열두 칸 겹집을 한 남자가 혼자서 짓습니다.
아름드리 기둥을 다듬고 세우는 것도
대들보를 올리는 것도 오직 혼자서 했습니다.
완공 전에 집 이름을 먼저 지었는데
아내의 이름을 딴 '선화궁' 입니다.
장가를 들었지만 오두막 단칸방이라
부모와 한 방에서 지낼 수밖에 없었습니다.
남자는 신혼의 아내에게 다짐을 했습니다.
"내 손으로 고래등 같은 집을 짓겠다."고.
그날 이후 늘 그 약속을 생각했습니다.
모은 돈은 거의 건축비로 저축되었습니다.

마흔부터 이름난 한옥을 보러 다니며
사진을 수만 장 설계도를 수천 장 그렸습니다.
자재와 기구를 모으는데 또 십년을 보냈습니다.
읍내서 건어물 가게를 대신하고 있는 아내를
남편은 현장에 얼씬 못하게 하지만
예정대로 내년 환갑날에는 선화궁에 입궐하겠지요.
꿈을 갖게 만들고 이룰 때까지 잘 기다렸으니
왕비로도 손색이 없겠습니다.
말에 대한 책임, 고집 혹은 열정, 가치나 중심,
삶을 움직이는 힘에 대해서 생각해 봅니다.
그렇게 그런 집 한 번 지었으면 좋겠습니다.

좋은 사람

어제는 전교생이 휴양림에서 1박을 했습니다.
저는 오늘 오전에 마중 차 갔습니다.
도착하자 한 녀석이 달려와 안겼습니다.
해맑간 미소가 귀여웠습니다.
녀석은 그 미소 덕분에 자주 죄를 용서받았습니다.
무단결석, 도망, 수업 방해 등등.

오래 전에 들은 일본 속담이 생각났습니다.
'남자가 귀여움을 받으면 출세를 한다.'
그렇더군요.
모두가 좋아하는 사람들은 공통점이 있습니다.
그들은 항상 밝게 웃고 따뜻하게 말합니다.
상냥하고 다정다감하고 그래서 귀엽습니다.
슬픔도 맑고 고민도 밝게 합니다.

저는 그런 점이 너무 부족했습니다.

아직도 많이 아쉽습니다.

당신은 어떠신지요?

귀여운 데가 있으면 승진도 잘 합니다.

주인이 상냥하면 틀림없이 가게가 잘 됩니다.

귀여움을 받으면 절대 구조조정에서 제외됩니다.

이런 소리 들어보셨습니까.

"그 사람 귀여운 데가 있어."

그럼 당신 참 좋은 사람입니다.

내가 나인 것

아침에 테니스장에서 싸움이 있었습니다.

성질 급한 친구가 젊은 회원을 닦달한 것이지요.

거만하고 인사성이 없다는 이유였습니다.

저쪽은 억울해 하고 이쪽은 밀린 화풀이까지 했습니다.

그래도 그런 시비는 시작한 쪽이 이상해지기 마련이지요.

이래저래 마음 상한 그를 데리고 여럿이

해장국집에 갔습니다.

식사 중에 나이 든 회원이 이런 말을 했습니다.

"상대가 좋게 대하면 기분 좋고 나쁘게 대한다고 나빠지면,

그렇게 그의 태도에 따라 흔들리면 나는 어디에 있는가."

그 순간 아직 화나 있던 친구의 얼굴이 편해졌습니다.

그렇지요.

상대방의 태도에 따라 일희일비 하는 경우가 많습니다.

때로는 지레짐작으로 혼자서 속을 썩이기도 하지요.

그러다보면 내 생각과 행동이 남에 의해 좌우됩니다.
내 안에 내가 없어지고 그가 나의 주인이 되는 것이지요.
기쁨도 평화도 그에게 맡겼으니 수시로 화나고
갈등할 수밖에요.
참 좋지요.
내가 나인 것. 내가 내 생각과 행동의 주인이 되는 것.
풍랑에도 흔들리지 않고
외부의 어떤 적도 침입할 수 없도록
마음속에 작은 암자나 성막 하나 지었으면 좋겠습니다.

오늘 초복입니다.
든든히 잡수셨는지요.
우선 더위부터 이겨야지요.

내
가
나
인
것

세상에서 가장 아름다운 포옹

런던 올림픽 유도에서 우리 선수가 우승을 했습니다.
금메달을 목에 걸고 시상대에 선 모습이 장하더군요.
그런데 그를 바라보던 은메달 선수의 미소가 아직 남습니다.
그의 실력을 인정하고 축하하는 진심어린 얼굴이었습니다.
대체로 동메달보다 은메달을 받은 선수가 섭섭해 했는데
이번 올림픽에서는 시상대에서 모두 즐거워하더군요.
그런 모습이 참 보기 좋았습니다.
여자 육상 사백 미터에서 메달을 나눈 두 선수가
깊게 포옹하는 사진이 어제 신문에 실렸는데
제목이 '세상에서 가장 아름다운 포옹' 이었습니다.

한 길을 오래 가고 그 길에서 집중해 땀을 흘리다 보면
나름대로 이르게 되는 곳이 있을 것 같습니다.
깨달음, 혹은 관점이 단순해지는 것이겠지요.

이를테면 모르는 것을 모른다고 하는 솔직함이나
아닌 것을 아니라고 할 수 있는 용기나
진심으로 기뻐하고 축하하는 따뜻한 마음 같은 것.
그런 것이 또 다른 금메달감이 아닐는지요.

입추 되어 어젯밤은 선선했으나
오늘 여전히 덥고 비 소식 멉니다.
그래도 잘 보내시는 당신도 금메달입니다.

시간의 주인

휴가 잘 보내셨습니까.
좋은 곳 다녀오셨는지요.
저는 어디도 가지 못했습니다.
방학인데도 매일 학교에 나왔습니다.
오전에 두서너 시간 이것저것 쓰고
오후에는 이것저것 읽다 멍하니 있고.
전화도 드물고 사람도 별로 없었는데
심심하거나 외롭지 않았습니다.
오히려 제일 좋은 여름이었습니다.
좋은 이유가 아마 이것 같습니다.
전에는 시간표에 나를 맞추었는데
이번에는 나에게 시간표를 맞춘 것이지요.
휴가의 의미와 묘미도 거기 있겠습니다.
내가 모처럼 내 시간의 주인이 되는 것.

그러면 어디서든 즐거울 수 있겠지요.
그래도 멀리 어디로 떠나고 싶으시면
내일 비 온다니 비 올 때 빗속으로
우리 몇이 같이 가시지요.

멋진 당신

유머 있는 사람이 뜹니다.
미혼 여성들이 내세우는 배우자의 조건에도
유머 구사 능력이 점점 앞자리를 차지합니다.
인기 있고 장수하는 강사들의 공통점도
풍부한 유머를 적절히 잘 사용하는 것입니다.
재미없이 오래 말하는 것은 일종의 범죄행위라지요.
듣는 사람의 정신 건강에 심각한 해가 되기 때문입니다.
그래서 상사가 분위기를 딱딱하게 만들면
직무유기겠습니다.
곧잘 긴장을 조성하면 누구도 좋아하지 않습니다.
늘 분위기를 넉넉하게 만들면 언제나 환영 받습니다.
어느 해 자동차 판매왕으로 뽑힌 세일즈맨도 그럽디다.
'고객을 웃게 만들면 반은 성공' 이라고.
우스개를 잘 하는 사람은 진작 습관을 들인 것이지요.

타고난 능력은 원래 얼마 되지 않습니다.
관심을 갖고 즐기고 만들어가는 것입니다.
공부 없이 되는 일 있겠습니까.
유머 있는 당신, 뜨는 당신, 참 멋집니다.

사랑 받고 사랑 하면 새롭게 보입니다.
우리 모두 날마다 생일이었으면 좋겠습니다.

제4부

끝난 사랑은 없다

사랑 그 쓸쓸함에 대하여

심금(心琴)을 울린다는 말 참 좋습니다.
지난겨울 심금을 수없이 울린 노래가 있었습니다.
'사랑 그 쓸쓸함에 대하여' 입니다.
술 마시며 자주 따라 부르다 오래 잊고 있었는데요.
어느 수필가가 쓴 같은 제목의 글을 읽다가
그 노래를 들으며 술 마시는 장면이 절절해
다시 겨우내 혼자서 듣고 또 들었습니다.
들을수록 쓸쓸하고 쓸쓸함은 끝이 없었습니다.
생각하면 그런 사랑의 기억도 없는데
그런 감정에 익숙하게 젖어들 수 있었던 것은
제 안에 있는 슬픔의 깊이 때문이겠지요.
그 노래를 한 이은미 씨를
지난 주 '나가수' 에서 처음 보았습니다.
'한계령' 을 불렀는데 노래는 그렇게 하는 것이더군요.

'저 산은 내게 내려가라 내려가라 하고……'
산이 속삭이고 저는 한참 내려왔습니다.
웃어도 슬퍼지는 그 가수가 말했습니다.
"세상에 나보다 노래 잘 하는 사람은 많지만
나처럼 노래하는 사람은 없습니다."
어디서 하든 무엇을 하든 누가 하든
진정한 삶이 하는 말은 심금을 울립니다.
슬픔이 다른 슬픔을 건드리는 것이지요.
푸른 하늘 보며 그런 생각을 합니다.
슬픔은 푸른색이라고.
아름다운 것은 슬픔이 있어서라고.
그리고 쓸쓸해서 사랑이라고.

약 속

우리나라에는 서울현충원을 비롯해
국립 묘역이 여덟 곳 있습니다.
그만큼 역사가 편치 않았던 것이지요.
지난달에는 북한에서 전사한 유해 열두 구가
육십이 년 만에 고국의 품으로 돌아왔습니다.
그분들의 고난과 오죽했을 그리움과
잃어버린 꿈이 가슴을 아프게 합니다.
누군들 눈을 제대로 감을 수 있었겠습니까.
아직 미발굴 전사자가 십삼만여 명이라는군요.

친구의 아버지도 그 중의 한 분입니다.
유복자여서 아버지를 본 적이 없지만
친구는 아버지를 잘 기억하고 있습니다.
어머니가 날마다 아버지 얘기를 했으니까요.

아직도 어머니는 아침저녁 식사 때마다
먼저 밥을 한 그릇 떠서 따로 둡니다.
반드시 살아 돌아오겠다는 신랑의 약속을
신혼의 새댁은 철석같이 믿을 수밖에요.
여든에도 스무 살로 마냥 기다리는 것이지요.

선 물

그들은 귀농 십 년차 부부입니다.
아내는 아침부터 기분이 영 아니었습니다.
결혼기념일인데 아무런 낌새가 없었습니다.
김을 매는데 지난 세월까지 서러웠습니다.
밭둑 그늘에서 점심 보자기를 푸는데
남편이 들꽃다발을 내밀며 손을 잡았습니다.
"고마워. 미안해. 사랑해."
아내는 그것으로 족했습니다.
짧은 말 속에 남편의 긴 마음이 있었습니다.

흔히 선물을 물건이나 상품으로만 생각하는데
미소나 다정한 말이 더 좋은 선물일 수 있습니다.
선물 받은 물건들은 없어지고 사람도 희미한데
한두 마디 칭찬은 아직 남아 기분 좋습니다.

그리고 다른 이뿐만 아니라

자신에게도 자주 선물하는 습관을 들여야지요.

내가 받고 싶고 듣고 것을 내가 가장 잘 알고

언제 어디서나 쉽게 줄 수 있습니다.

그러면 그에게 목 빼고 하염없어 할 일도 없을 테지요.

입고 싶은 옷, 하고 싶은 일, 며칠의 여행도

내가 나에게 하는 멋진 선물일 수 있겠습니다.

오늘은 우선 저 장미나 빗소리를 보내시지요.

아니면 거울을 보고 더 다정하게

"고맙다." "사랑한다." 하시든지.

슬픔에게

기쁨을 나누면 배가 되고 슬픔을 나누면 반이 된다지만,
기쁨은 몰라도 슬픔은 쉽게 그 양을 헤아리기 어렵겠습니다.

'그녀로부터 전화가 왔다.
오랜만이라는 안부를 건넬 틈도 없이
그녀는 문득 울음을 터뜨렸고 나는 그저 침묵했다.
        ……
아무 데도 가지 않았는데 서로 멀리 있었다.
        ……
분명한 사실은 그녀가 나보다 건강하다는 것.
누군가에게 스스럼없이 울음을 건넬 수 있다는 것.
슬픔에도 건강이 있다.
그녀는 이윽고 전화를 끊었다.
그제서야 나는 혼자 깊숙이 울었다.'
              - 〈건강한 슬픔〉, 강연호

울음도 건네지 못하는 남자의 그리움이 더합니다.
여자는 때때로 생각하지만 남자는 언제나 생각했습니다.
'건강한 슬픔이 있다면 불치의 슬픔도 있겠습니다.
슬픔의 깊이와 매장량은 저마다 다를 테니까요.'

어머니가 생각납니다.
나는 때때로 생각하고, 오늘 어버이날이나 눈물짓지만,
어머니는 언제나 생각하고 혼자서 속울음 우셨겠지요.
어머니의 슬픔도 한평생 불치병이었을 테니까요.

깊고 푸른 강물

무덥습니다.

이럴 때는 물을 자주 마시라는군요.

우리 몸은 64%가 물 성분으로 되어 있는데

1%만 부족해도 갈증을 느끼고 5%면 현기증이,

12%가 모자라면 생명이 위태롭다고 합니다.

하루 1.5L의 물을 조금씩 천천히 마시면 좋습니다.

아침 공복에, 오후 세 시쯤에, 잠들기 한 시간쯤 전에

한 컵씩 마시면 소화와 비만 예방, 숙면에 도움이 됩니다.

8~12도 수온에 무색 무미 무취의 물이 가장 좋다고 합니다.

물을 자주 마시면 마음도 더 촉촉히 적셔지겠습니다.

비나 눈이 오면 설레고 강이나 바다를 찾는 것도

마음의 해갈이나 내 안의 저수지를 채우기 위해서겠지요.

그런데 바다보다 더 깊고 푸른 강물이 있습니다.

'닥터 지바고' 에서 여주인공 라라가
연인에게 마지막 작별 인사를 이렇게 하더군요.
"잘 가요. 나의 위대하고 그리운 사랑.
안녕, 나의 자랑 나의 깊고 푸른 강물이여,
나는 당신의 끊임없이 흐르는 물결소리와
당신의 시원한 물결 속에 잠기기를 얼마나 좋아했던지……"

제가 본 가장 슬픈 이별 장면입니다.
기막히게 아름다운 사랑 고백이고요.
당신은 언제 깊고 푸른 강물 속에 잠겨 보셨는지요.
누군가에게 끊임없이 흐르는 물결이 되어 가셨던지요.
지금 내 안의 저수량은 넉넉한지요.
물은 천천히 자주 마시면 좋습니다.

풍화, 너에게 간다

오늘 바람 선선해 가을 같습니다.
여름도 두 달 남짓 남았습니다.
하루하루 아껴 보내야겠습니다.
맛있는 시 한 편 보냅니다.

'꽃이 피었다고 너에게 쓰고
꽃이 졌다고 너에게 쓴다.
너에게 쓴 마음이
벌써 길이 되었다.
꽃 진 자리에 잎 피었다 너에게 쓰고
잎 진 자리에 새가 앉았다 너에게 쓴다.
너에게 쓴 마음이
벌써 내 일생이 되었다.
마침내는 내 생(生) 풍화되었다.'

〈너에게 쓴다〉 천양희

꽃핀 소식 날마다 전할 사람 있으면 좋겠습니다.
꽃 진 사연 기쁘게 받을 사람 있으면 좋겠습니다.
친구든 연인이든 누구든.
잎 핀 소식 간절히 전할 이 있으면 좋겠습니다.
잎 진 마음 따뜻이 받아줄 이 있으면 좋겠습니다.
하느님이든 부처든 누구든.
그에게 가는 마음에 길이 나고
마침내 내가 그가 되었으면 좋겠습니다.
사랑이든 신앙이든 무엇이든.

초원의 빛

두 젊은이가 사랑을 했습니다.

여자가 더 많이 사랑했습니다.

으레 그렇듯이 이러저런 갈등이 오고

이래저래 고집하다 결국 헤어지게 됩니다.

덜 사랑한 남자는 다른 여자와 결혼을 하고

더 사랑한 여자는 요양원으로 갔습니다.

수년이 가고 여자가 남자를 찾아갑니다.

농가 마당에서 짧은 만남이 이루어집니다.

남자를 바라보는 여자의 표정이 기막히더군요.

두 사람은 가볍게 악수하고 작별합니다.

영화의 마지막 장면은 지금도 선명한데요.

뒷좌석에 앉은 여자가 곧게 뻗은 길을 응시합니다.

씩씩하게 자란 가로수가 끝없이 지나갑니다.

그리고 천천히 자막이 나타납니다.

초원의 빛이여
꽃의 영광이여
이제 영원히 사라져
다시 돌아오지 않는다 해도
서러워하지 않으리라
차라리 그 속에서
새로운 힘을 찾으리니

〈초원의 빛〉 윌리엄 위즈워드

첫사랑을 오래 기억하는 것은
그 속에서 시간이 아름답게 남아있기 때문이지요.
그 버릇으로 우리는
기쁨은 기쁨대로 슬픔은 더 슬퍼도
거기서 늘 새로운 힘을 얻습니다.

끝난 사랑은 없다

영화 '건축학 개론' 을 보았습니다.
제주 바다가 멋졌습니다.
보는 동안 즐거웠고 아직 행복합니다.

스무살에 두 사람이 만나 좋아했습니다.
헤어지는 건 여전히 조그만 차이 때문이더군요.
머뭇거림, 염려, 혼자만의 짐작, 혹은 어떤 우연.
그리고 두 사람은 오래 쓸쓸했습니다.
다른 것으로는 도무지 채울 수 없는 구석이 있었으니까요.
여자는 이혼을 했고 남자는 삼십대 중반까지 혼자였는데
건축주와 건축가로 다시 만났습니다.
함께 집을 지으면서 첫사랑을 확인해 갑니다.
집이 완성되고
남자는 결혼해서 미국으로 떠나고

새로 지은 옛집에서 이제는 여자도 넉넉하고 행복합니다.

헤어졌다고 사랑이 끝나는 것은 아닙니다.
마음 안에서, 시간 속에서 이어지니까요.
다만 모양과 방법이 다를 뿐입니다.
그리고 떠나지 않는 그 기억들이
우리를 지탱하는 힘이 되지요.
그래서 음악을 듣고 차를 마시고 시를 쓰고.

'우리의 그리움을 위하여서는
이별이 있어야 하네'

생 일

내 마음은 물가의 가지에 둥지를 튼
한 마리 노래하는 새입니다.
내 마음은 탐스런 열매로 가지가 휘어진
한 그루 사과나무입니다.
내 마음은 무지갯빛 조가비
고요한 바다에서 춤추는 조가비입니다.
내 마음은 이 모든 것들보다 행복합니다.
이제야 내 삶이 시작되었으니까요.
내게 사랑이 찾아왔으니까요.
　〈생일〉 크리스티나 로제티

사랑에 빠진 시인은 새와 사과와 조가비를 통해
환희와 결실과 자유를 노래합니다.
가슴 벅찬 행복에 보는 이도 덩달아 설렙니다.
그리고 진정한 생일은 태어난 날이 아니라

사랑을 통해 새로운 삶이 시작된 날이라는군요.
그럼 당신의 생일은 언제인지요.
언제 새롭게 다시 태어나셨는지요.
불경에서는 깨달음이 새로 남이고
성경은 성령으로 새로 난다고 합니다.
결국 내가 사랑임을 인식하는 것이지요.
사랑 받고 사랑 하면 새롭게 보입니다.

우리 모두 날마다 생일이었으면 좋겠습니다.
지금 아니라도 언젠가는.

첫사랑

첫사랑 생각나시지요.
지금도 가끔 그립겠습니다.
저는 첫사랑이 도무지 긴가민가한데
곰곰 생각하면 생각나는 사람 있긴 합니다.

연화는 늘 흰 저고리에 검은 치마였습니다.
한손은 바가지를 들고 다른 손은 치마로 가리고
고개를 살짝 숙인 체 조심스레 움직였습니다.
연화는 맹인 어미와 둘이 없이 살았습니다.
바가지에는 일한 집에서 얻은 밥이 담겼고
숨긴 오른 팔에는 손목이 없다고 했습니다.
육이오 때 집 근처에서 포탄이 터졌다더군요.

뒷골목에서 우연히, 감꽃 질 때 감나무 밑에서 한 번,
부엌일 도우는 모습까지 서너 번 보았을 뿐인데
어릴 적 기억 속에 여자는 연화만 있습니다.
연화 앞에서는 멈추어 언제나 조용했습니다.
연화는 더 살며시 연기처럼 사라지곤 했습니다.
저는 초등학생이 되고 연화는 처녀가 되었습니다.
어느 봄날 하굣길이었습니다.
연화가 보퉁이를 들고 웬 남자를 따라 갔습니다.
고개 숙이고 지나며 한 번도 돌아보지 않았습니다.
그날 들으니 홀아비 따라 멀리 시집갔다더군요.
그리고 그 후로 영 소식 듣지 못했습니다.

첫사랑이 처음 마음에 와 오래 남아 있는 사람이라면
제 첫사랑은 아마 연화인 것 같습니다.
첫사랑이 갈수록 아름답게 기억되어지는 것이라면
연화가 제 첫사랑 분명히 맞습니다.
연화야 물론 꿈에도 알 리 없겠지요.
당신도 당신이 모르는 새 누구의 첫사랑일 수 있습니다.
그러니 부디 잘 사셔야지요.
오늘도 행복하시고요.

우리 사랑은 영원히 젊어요

1971년 평양에 유학 간 23살 베트남 청년이
화학 실험실에서 만난 북한 여성에게 한눈에 반했습니다.
"처음 봤을 때 아내로 삼고 싶다고 생각했어요."
그녀는 한 살 많은 리영희였습니다.
두 사람은 일 년 반 동안 연애를 했지만
1973년 팜 녹 칸은 혼자 돌아올 수밖에 없었습니다.
두 나라 다 국제결혼을 금지했기 때문이지요.
칸 씨는 스포츠 통역원으로 수차례 북한을 방문해서
리 씨와 만남을 이어갔습니다.
북한이 외국인과의 접촉을 강력히 금지하는 바람에
1992년부터 몰래 주고받던 편지도 끊겨 버렸습니다.
리 씨는 마지막 편지에서 이렇게 말했습니다.

"나이를 먹을지라도 우리의 사랑은 영원히 젊어요."
칸 씨는 수차례 북한대사관을 찾아가서 간청했으나
다른 사람과 결혼했다. 죽었다. 는 대답뿐이었습니다.
2001년 베트남 정부 대표단이 평양을 방문할 때
대통령과 외무장관에게 간곡한 편지를 썼습니다.
몇 달 후 결혼을 허락한다는 연락을 받았습니다.
이듬해 54세 칸 씨와 55세 리 씨는
하노이에서 30년 만에 결혼식을 올렸습니다.
이제 60대가 된 부부는 조촐한 아파트에서 살며
하노이 시내에서 함께 오토바이를 타거나
손을 잡고 가는 모습을 자주 볼 수 있다고 합니다.

아내가 말했습니다.

"헤어질 때 두 번 다시 만나지 못할 거라 생각했는데

그는 결혼도 하지 않고 30년 동안 나에게 편지를 썼습니다."

남편이 말했습니다.

"아내에 대한 내 감정은 예전이나 지금이나

똑 같습니다."

사진으로 본 두 사람 참 착했습니다.

좋은 길은 오래 마음에 남습니다.
언제든 갈 수 있는 마음속길 하나는 있어야지요

제5부

연등

봄 비

'가는 봄비 방울조차 못 짓더니만
밤중에 가느다란 소리를 낸다.
눈 녹아 남쪽 시내 물이 불어서
풀싹들 많이도 돋아났겠네.'
〈춘흥〉 정몽주

한밤중 무슨 소리에 잠이 깨입니다.
소곤소곤 다가오는 소리가 들립니다.
빗소리, 봄비 소리, 봄이 오시는 소리.
땅이 풀리는 소리, 꽃피고 잎 피는 소리.

그동안 소음에 너무 익숙했습니다.
비가 내려도 빗소리에 무심했고
봄이 오는 소리도 듣지 못했습니다.
귀기울이지 않고 눈여겨보지 못했습니다.

그게 오늘 미안하고 섭섭합니다.

'피정(避靜)' 이라는 말 들어 보셨는지요.

천주교 신자들이

'번잡한 일상을 떠나 잠시 고요한 가운데 머무는 것' 인데요.

내일부터 닷새 동안 피정을 갑니다.

소음에서 멀어지는 연습을 잘 하고 오겠습니다.

당분간 편지도 못 씁니다.

세상을 떠나 있어야 하니까요.

당신도 행복하시기를.

춘천 가는 길

어제 오후에 춘천에 갔습니다.

원주까지 기차로, 거기서 버스로 갈아 탔습니다.

번거러웠지만 기차를 타고 싶어서 그랬습니다.

기차에서는 창쪽에 앉아야 멋이지요.

참 좋았습니다.

비도 내렸습니다.

커피를 한 모금씩 쉬었다 마시며 창밖을 보았습니다.

소백산이 지나가고 치악산이 지나갔습니다.

읽을 책과 노트를 준비해 갔지만

꺼낼 필요가 없었습니다.

무심한 시간들이 또 좋았습니다.

개나리도 원주까지만 피어 있었습니다.

어두워지는 창밖을 보면서
춘천에 가서 전할 꽃소식을 생각했습니다.

춘천에는 밤새도록 비가 내렸습니다.

햇살 좋은 날

오늘 학교에서 화나는 일이 있었는데
다행히 잘 참았습니다.
'화를 낸다는 것은 아직 어른이 되지 못한 표지' 라는
말이 떠올랐고,
당신의 밝은 미소가
제 마음을 다스려 주었기 때문입니다.
그 순간을 잘 넘기지 못했으면 선생님 학생 모두
종일 언짢았을 텐데,
지금 우리는 서로 더 즐겁습니다.
'화나는 것' 과 '화내는 것' 은 다른 문제라는 걸 새삼
깨닫습니다.
언제나 너그러운 그대여 고맙습니다.
더 너그러워질 마음에 동시 한 편 선물합니다.

좋은 햇살/ 기저귀 하나만 말리기엔/ 아깝죠.
오줌 싼 아기 이불도/ 내다 걸어요.
아깝다며/ 호박잎 큰 손이/ 햇살을 받아 모아요.
"아깝다."/ "아깝다."/ 숲에서, 들에서
햇살을 받아 모으는/ 초록빛 손 손 손...
　　　　　　　　　- 〈좋은 햇살〉 신현득

사월의 마지막 날입니다.
오는가 싶던 봄이 벌써 갈 채비를 합니다.
바쁘시더라도 잠시 밖으로 나오시지요.
꽃이 있으면 더 자세히 보아 두시기를,
나뭇잎도 더 가까이서 보아 두시기를,
햇볕 속에서 잠시 눈부셔 하시기를,
아니면 사월의 마지막 밤에
곁에 있는 사람을 한없이 사랑해 보시기를.

그네

어제 고향에 갔습니다.
오랜만에 단오 잔치에 참석하고 싶었습니다.
가면서 옛날을 생각했습니다.

그날은 개천 둑에 전 동민이 모였습니다.
처녀와 새댁들도 모처럼 곱게 단장하고 나왔습니다.
창포와 청궁 향기가 바람 속에 가득했습니다.
아름드리 버드나무에는 굵고 긴 그네가 매였습니다.
남자들은 구경꾼이고 그네는 여자들의 차지였습니다.
서서히 힘을 받으며 그네는 점점 높이 솟아오릅니다.
입으로 나뭇잎을 물거나 발로 나뭇가지를 차는데
가장 높이 오르는 순서대로 등수가 매겨졌습니다.
때로 그네는 일상을 벗어나려는 몸짓이었고
드높이 하늘로 날려는 설렘으로 흔들렸습니다.
하얀 속치마가 드러나도 흉이 아니라 멋이었습니다.

마을에는 단오 행사가 아무것도 없었습니다.

복날에나 먹거리 모임이 있다더군요.

개천 둑도 하천 살리기 공사로 흔적이 없었습니다.

그래도 눈을 감자 가슴이 울렁거렸습니다.

그날과 그 모습들이 되살아났습니다.

발을 구르고 줄을 흔들며 몸짓들이,

되돌아와 다시 용솟음치던 소망들이.

바다는 하루 칠천 번 파도를 일으켜 스스로 맑게〔自瀞〕합니다.

내 안에 파도 있으면 그걸로 자주 출렁이시고

일으킬 파도 없을 때는 마음 속 그네라도 풀어보시지요.

좀 그런 날 힘차게 굴러 바다를 보든가 하늘로 오르시든가.

없으면 굵고 튼실하게 새로 만드시고.

연등

초등학교 때 봄 소풍을 인근 절로 갔습니다.
오학년만 십리를 걸어 보광사로 갔습니다.
대웅전을 중심으로 좌우에 요사채가 있고
맞은편에 누각이 있는 �口자 구조였습니다.
누각 밑 통로는 좁고 좀 어두컴컴했습니다.
그래서 뜰 안에 들어서자 더 눈부셨습니다
하늘 가득 형형색색 연등이 떠 있었습니다.
그 밑에 주저앉아 한참 아득했습니다.
눈부신 아름다움에 혼이 잠시 나간 것이지요.
사람들도 빨강 노랑 파랑으로 흔들렸습니다.
아직까지 종종 그날 연등을 생각합니다.
아름다움에 대해 처음 눈을 뜬 것이지요.

초파일 오후 바람이 심합니다.

연등이 흔들려 소망은 더 멀리 가겠습니다.

오늘 절에 가시지 않았다면

저물기 전에 마음속 등이라도 다시지요.

하나는 세상을 향해,

하나는 내 안에.

마음속 길 하나

걷는 것 좋아하시겠지요.
들길 산길 숲길이 생각납니다.
들길은 저녁에 걸어야 제 맛이고
산길은 언제나 어디나 좋더군요.
숲길은 드문데 아주 멋진 곳이 있습니다.
김용사 입구에서 운달산 밑까지 오리 길.
숲이 넓고 계곡이 길고 물이 맑습니다.
가다가 큰집 같은 암자에 마음 쉬고
아름드리 전나무에는 몸 기댈 만합니다.
더 걸으려면 왼쪽 산길을 잡습니다.
등산객이 그리로는 드물어 호젓합니다.
한두 시간 오르면 금선대가 나타납니다.
오래된 암자인데 풍경이 그만입니다.
바위틈에서 나오는 물맛도 일품이지요.

같은 길에서 금선대를 못 본 이도 있더군요.
그래 착한 눈에만 보인다는 말이 전합니다.
거기 가려면 마음 준비 좀 해야겠습니다.
좋은 길은 오래 마음에 남습니다.
언제든 갈 수 있는 마음속길 하나는 있어야지요.
주말 너무 바쁘지 마시기를.

원래의 소리

비 잘 옵니다.
오랜만에 세상이 푹 젖습니다.
멀어지고 다가오고 젖어드는 빗소리
귀기울여 듣고 무심히 바라봅니다.
젊어서 음악을 열심히 들었습니다.
베토벤 브람스 쇼팽 그리고 모차르트
요즘은 간혹 듣기면 듣습니다.
수십 년 어떤 곡 누구 작품에 몰두하는 것,
별로 좋아 보이지 않습니다.
세상에 불후의 명작은 없습니다.
여러 세대에 걸쳐 공감을 줄 수는 있지만
한 사람에게 영원할 수 있는 작품은 없습니다.
그림이든 음악이든 어느 한 때의 것이어야지요.
생각도 변하고 십팔번도 자꾸 바뀌어야 합니다.

성경도 불경도 논어도 계속 머무르면 곤란합니다.
앞으로 나가고 그 너머를 보아야지요.
다만 빗소리 바람소리는 한결같습니다.
자연에서 오는 소리
'원래의 자리'에서 오는 소리여서지요.
오시는 비 사나흘 푹 더 왔으면 좋겠습니다.

수박모자

엿새째 '찜통더위' 가 계속입니다.

실제로 우리나라 주변으로 고온다습한 남서풍이 들어오면서

찜통처럼 수증기가 많은 상태라고 합니다.

말복까지 비도 거의 없고 더위가 이어질 것 같습니다.

더위를 잘 참는 저도 어제 오늘 많이 덥습니다.

어릴 때 어머니가 바가지로 부어주던 등물이 생각나는군요.

깊은 우물에서 퍼 올린 물은 시리도록 차가웠지요.

그때는 수박이 아이들 머리통만만 했습니다.

그걸 두레박에 담아 우물에 내리면 바로 냉장고지요.

반쪽을 잘라 숟가락으로 속을 싹싹 비운 뒤

껍데기 양쪽에 실을 달아 투구처럼 쓰고 좋아했습니다.

빡빡 머리를 적시던 냉기, 연신 흐르던 물기와 풋풋한 냄새.

생각만으로도 지금 마음속까지 시원합니다.

더위가 심할 때는 바깥 활동을 좀 줄이라는군요.

물을 자주 마시고 술은 되도록 피하고
단백질보다 탄수화물 섭취를 늘리는 게 좋다고 합니다.
옷은 헐렁하고 밝은 색에, 남자도 반바지가 어떨까요.
아시지요.
그 사람 마음과 날씨는 내 마음대로 할 수 없다는 것을.
짜증보다는 시원한 마음이 제일입니다.
그리고 수박모자 한 번 꼭 써 보시기를.

기다림

비 잘 오셨습니다.
잠결에도 반가웠습니다.
나무와 풀잎이 만세를 부릅니다.
제일 고단했을 저들이지요.
뿌리 닿는 속까지 푹 젖었으면 좋겠습니다.
장마에 햇빛 기다리고
긴 가뭄에 빗소리 간절했습니다.
기다림은 언제나 끝이 있고
거기서 다른 그리움이 시작됩니다.
비 오기 기다리다 비 들기 기다리고
내일을 기다리고 가을을 기다리고.
나는 당신을 생각하고
당신은 또 당신의 당신을 그리워하고.
그렇게 우리 서로 기다림에 익숙해집니다.

지금 오는 비 사흘 더 내린다니
마음 가뭄까지 씻기겠습니다.
다가오고 멀어지는 비, 빗소리.
커피 한 잔 하시지요.

수박씨를 뱉을 때

수박을 먹고
수박씨를 뱉을 때
침처럼 드럽게
퉤, 하고 뱉지 말자.
수박을 먹고
수박씨를 뱉을 때
달고
시원하게
풋, 하고 뱉자.
〈수박씨를 뱉을 때〉 송찬호

그래야지요.
얼마나 달고 시원했습니까.
푸 풋, 멀리 상쾌하게 날려야지요.
좋은 곳에서 다시 싹을 잘 틔우라고.

접시에 뱉을 때는 얼굴을 가까이 하고
뱉은 뒤에 고개를 잠시만 더 숙여야지요.
수박에게, 그렇게 가꾼 손길에게.
수박뿐이겠습니까.
밥알 하나도 나물 한 잎도 한가지지요.
생명을 돌보는 농사보다 중한 일이 없으니
이번 비에 애타시던 마음들도
촉촉히 젖었으면 좋겠습니다.

기우제

아침부터 흐립니다.
비가 좀 올려는지요.
가뭄이 심합니다.
논이 마르고 밭작물 생육도 더딥니다.
농사짓는 분들 마음 다 타겠습니다.
기후가 점점 나쁘게 변하니 더 걱정입니다.
지구의 몸살 다 우리 탓이겠지요.
환경에 대해 다시 생각해보고
마음 모아 기우제라도 지내야겠습니다.

호주의 어느 원주민들은
가물 때마다 전부 모여 기우춤을 추는데
반드시 응답을 받는다고 소문났습니다.
방송국에서 멀리 찾아가 비결을 물었는데

추장이 쑥스러워하며 대답했습니다.
"달리 비결은 없고요, 비가 내릴 때까지
계속 춤을 추는 것입니다."

그렇다고 마냥 춤만 췄겠습니까.
한편으로는 이것저것 비가 올 때까지
할 수 있는 일은 다 했겠지요.
그게 진짜 춤이지요.

삶에 정답은 없지만 더 나은 길은 분명히 있습니다.
보려는 사람에게만 보이는 길.

먼저 다가가면

저는 친구가 많지 않습니다.
알고 지내는 이들은 적지 않지만
절친은 몇이나 있는지 모르겠습니다.
사람과 어울리는 것이 좋은데도 그런 것은
관계에 대한 두려움 때문이었습니다.
그의 반응이 염려되어 늘 주저했고
미리 방어망을 치는 버릇까지 생겼습니다.

지나고 보니 다 외롭더군요.
한 사람 한 사람 다 섬처럼 혼자더군요.
먼저 다가가면 다 반가워합니다.
두려움을 감추지 말고 드러내면 됩니다.
있는 그대로 말하고 관심을 보이면
역시 두려워하던 그도 안심합니다.

말을 못해서 더 만나지 못한 사람을 생각하고
말을 해서 오래 만나는 사람들을 생각했습니다.
오늘 세 사람에게 안부 전화를 했습니다.
선물처럼 기뻐합디다.
친구는 내가 만들어가는 것이지요.
그는 언제나 나를 기다리고 있고
전화할 시간은 늘 넉넉합니다.

버킷리스트

2008년에 국내에서 상연된 '버킷리스트' 라는
미국 영화가 있습니다.
'버킷리스트' 는 죽기 전에 하고 싶은 일,
꼭 해야할 일의 목록을 말합니다.
주인공은 말기암으로 시한부 선고를 받은 환자입니다.
이 흑인 남자의 어릴 적 꿈은 역사학 교수였으나
형편상 대학을 중퇴하고 자동차 정비사로 평생을
가족을 위해 일을 했습니다.
같은 병실에 입원하게 된 또다른 주인공은
부유한 사업가인데 역시 시한부 삶을 선고 받았습니다.
피부색, 성장 환경 등 공통점이 전연 없는 두 사람이
죽음 앞에서 의기투합 합니다.
자신이 누구인지를 돌아보는 시간을 갖는 것, 그리고
살아오면서 꼭 하고 싶었던 일을 하기로 했습니다.
두 사람은 함께 버킷리스트를 작성하고 병원을 뛰쳐나와

목록대로 하나하나 열정적인 모험을 합니다.

카레이싱, 스카이다이빙, 아프라카에서 인도를 거쳐

만리장성을 보고, 최고급 레스토랑에서 식사,

눈물나도록 웃기 등 자신들의 목록을 지우고 더하면서

유쾌한 여행을 합니다.

삶의 소중함에 대해서 인생의 의미에 대해서

다시 한 번 생각하게 하는 영화입니다.

오랫만에 바람이 잔잔합니다.

오늘 오후 괜찮으시면 잠시 눈을 감고 그 두 사람과

동행을 해 보는 것은 어떨까요.

그리고 천천히 즐겁게 버킷리스트를 작성해 보는 것도

좋겠습니다.

삶에 정답은 없지만 더 나은 길은 분명히 있습니다.

보려는 사람에게만 보이는 길.

그러므로 더 좋은 하루 보내시길 빕니다.

소중한 일

기행문을 쓰야 여행의 의미가 완성되듯이
편지를 씀으로써 내 마음을 전달할 수 있고
일기를 씀으로써 오늘 하루가 정리됩니다.
일기나 편지에 회한과 그리움과 통찰을 담으면
시가 되고 수필이 되고 소설이 됩니다.
누구나 쓰야 할 것이 있고 잘 쓸 수 있습니다.
글쓰기가 두렵고 어려운 것은
진작 관심이 없었고 자주 쓰지 않은 탓입니다.
지금 바로 그냥 시작하면 됩니다.
문장에 자신이 없으면 좋은 문장을 베낍니다.
그러다 언제부터는 나만의 문체를 갖게 됩니다.
명심해야 할 재미있는 말이 있습니다.
'짧게 쓰라. 그러면 즐겨 읽어 주리라.
쉽게 쓰라. 그러면 얼른 이해해 주리라.

그리듯이 쓰라. 그러면 오래 기억해 주리라.'
매일 시간을 정해 만사 놓고 쓰면 제일 좋습니다.
생각은 손가락으로 하고 글은 엉덩이로 쓰는 것.
쓸수록 붓은 자유롭고 풀수록 우물은 깊어집니다.
내가 쓴 글은 오래 미룬 답장이고 반성문이며
글을 쓰는 것은 자기에로의 긴 여행입니다.
시작이 반, 당신은 이제 수필가입니다.
그리고 시간의 주인이 되었습니다.
글쓰기는 사랑입니다.

청춘은 아름다워라

늘 밝고 떠들썩한 녀석이 시무룩합니다.
여자 친구가 결별을 통보했다는군요.
종일 머리를 싸안고 엎드려 있습니다.
아픔도 아픔이지만 무슨 탈을 낼까 걱정입니다.
다른 사람 마음을 어찌할 수 없어 슬플 때
취할 수 있는 자세에 대해서 생각했습니다.
소설 '청춘은 아름다워라' 가 떠올랐습니다.
기억을 더듬어 정리하면 대략 이렇습니다.
고등학교를 졸업하자 취업이 된 주인공이
고향집에서 가족들과 한 달을 보냅니다.
마침 여동생의 친구가 휴가를 왔습니다.
며칠 새 단순하고 거리낌 없는 그녀에게
빠졌지만 좀체 고백할 시간이 없었습니다.
초초한 나날 속에 겨우 기회를 만들었는데

그녀가 그의 입을 가리고 먼저 말했습니다.
"알아요. 저도 당신처럼 제가 가질 수 없는
어떤 사람을 사랑하고 있어요. 우리 같이
이루어질 수 없는 사랑을 하는 사람들은
그 외의 사랑, 그러니까 가족이나 친구들에게
더 마음 쓰고 더 사랑해야 할 것 같아요."
절망이 아니라 다른 사랑에 더 마음을 여는 것.
한쪽 문이 닫히면 다른 문을 열라는 말이지요.
안절부절하던 마음에 순간 평화가 왔습니다.
남은 청춘시절을 아름답게 마무리하는데도
그녀의 말이 순간순간 위로와 힘이 되었습니다.
아름다움은 찾으면 보이지요.
중년도 노년도 아름다우면 두루 청춘입니다.

다독다독

오늘 정수가 학교에 오지 않았습니다.
일주일 결석 뒤 어제 하루 오고 또 결석입니다.
녀석의 빈자리가 느껴집니다.
누구 자리는 누가 대신 채울 수 있는 게 아니지요.
거기에는 그 나무가 있어야 하듯이.
그 애와 나도 둘 사이의 공간을 눈여겨볼
처지가 된 것 같습니다.
어느새 관계가 맺어진 것이지요.
정수는 두 달 전에 전학을 왔습니다.
가냘픈 체구에 제법 애교가 있더군요.
하루는 "쌤 사랑해요." 하고 윙크를 했습니다.
그날 종일 기분이 좋았습니다.
무단결석 일주일이면 퇴학을 시키게 되어 있는데
녀석의 해맑은 미소가 영 마음에 걸립니다.

일주일 더 하더라도 여전히 망설일 것 같습니다.

정수는 처음 한 달은 잘 다니고 잘 어울렸습니다.

그런데 아이들이 제 의지 만으로 계속 잘 할 순 없지요.

우리학교 아이들이 분명히 알려 준 것이 있습니다.

아이들의 모든 문제는 부족한 사랑에서 시작된다는 것.

사람도 꼭 식물 같아서 돌보기에 달렸다는 것.

누구나 다 착하다는 것, 그리고 착해지고 싶다는 것.

채우지 못한 아이들은 채우러 돌아다닙니다.

어제 그 애에게 충고하며 다짐 받은 게 걸립니다.

그냥 다독다독 안아주었어야 했는데요.

어디서 녀석을 만나시면 좀 눈여겨보시고

아직 마음속에 어린 정수가 있으면

다독다독 안아주시기를.

누가 먼저 내려 놓는가

푸른 오월입니다.
오전에 전교생이 농장에 가서
고구마와 고추와 도마토를 심었습니다.
한달 전에 심은 감자는 잘 자라고 있었습니다.
오후에 일하는 태도에 대해서 얘기를 나누는데
학생들과 의견이 많이 달랐습니다.
아이들은 작년보다는 잘 하고 있다고 했고
나는 그러니 더 잘하라고 했습니다.
나는 버릇이 없다고 나무랐고
아이들은 답답하다고 한숨을 쉬었습니다.
그러다가 이것저것 묵은 얘기까지 한 시간을 넘겼습니다.
고집스런 시간이 또 계속되었습니다.
마침내 내가 한 가지를 양보하자 학생들도 그랬습니다.
두 가지를 양보하자 두 가지를 양보했습니다.

세 가지를 들어주자 아이들은 모든 것을 맡겨 버렸습니다.
순식간에 모든 것이 해결 되었습니다.
양보는 어른이 먼저 하는 것이었습니다.
결국 어른이나 아이나 사랑받고 싶을 뿐이지요.

싱그러운 오월, 날마다 싱그러우시기를.

빈 말

뜨악한 사이였던 인물을 우연히 만났습니다.
악수를 풀며 "또 만납시다." 하고 돌아서는데
무심한 대답이 따라오더군요.
"우리가 뭐 다시 만날 일이 있겠습니까."
그때는 무안하고 불쾌했는데 좀 지나니
오히려 솔직한 표현이 좋게 느껴졌습니다.
마음에 없는 말을 한 제가 문제였지요.
우리는 입에 발린 소리를 습관적으로 합니다.
"다음에 식사 한 번 합시다."
"꼭 연락드리겠습니다."
"점점 더 젊어지십니다." 등등
때로는 관계를 좁히는데 도움이 되지만
나도 당신도 허전해지는 것은 곤란하지요.
그리고 빈 인사는 대체로 허전합니다.

예수님께서도 그러셨더군요.

"기도할 때 빈 말을 되풀이하지 마라."

빈 말은 어떤 말일까요.

형식적인 말, 의례적인 말, 하기 좋은 말,

빈 말보다는 침묵이 낫고 침묵이 무거우면

그냥 천천히 깊은 미소는 어떨는지요.

나 같은 그대에게

심리학에서 인성을 내향과 외향으로 나눕니다.

내향형은 생각과 느낌이라는 내면세계에 잘 머물고

외향형은 사람과 활동이라는 외부세계에 끌린다고 봅니다.

저는 내향형인지 사람들과 쉽게 어울리지 못했습니다.

혼자가 편해서 혼자 있는 시간을 많이 가지는 편입니다.

그런 자신이 때로 답답하고 더러 외로웠습니다.

쿨하고 털털하고 마당발인 사람들이 부러웠습니다.

카리스마 리더십은 외향적인 이들을 위한 말이더군요.

세상은 그들이 이끌어 가는 것 같았습니다.

모험심과 적극성과 튀는 행동이 환영 받으면서

갈수록 외향성은 늘고 내향성은 줄어드는 것 같습니다.

그런데 외향과 내향은 여전히 거의 반반이라고 합니다.

그리고 정작 세상을 움직이는 것은 내향성 인물입니다.

역사도 예술도 더 깊이 바라보는 이들의 몫이니까요.

우선 석가도 공자도 예수도 마당발은 아니었습니다.

물론 사람을 좋아했지만 더 많은 시간 혼자였습니다.

제 얘기는 소심하고 숫기가 없고 혼자서 밥을 먹고

하고 싶은 말을 못했더라도 위축되지 말라는 것이지요.

비교하지 말고 자신을 그대로 받아들이는 것입니다.

소심함은 신중함이고 숫기 없음은 순수함입니다.

하지 못한 말은 내 안에서 곱게 여물겠지요.

부산한 인맥보다 한두 사람 깊게 만나는 게 낫겠지요.

혹시라도 주눅 든 적이 있는 당신께 박수 보냅니다.

그것은 저에게 보내는 박수이기도 하지요.

괜히 그러는 당신, 참 괜찮은 사람입니다.

어디서 무엇이 되어 다시 만나랴

'어디서 무엇이 되어 다시 만나랴' 를
이십대의 어느 여름에 처음 보았습니다.
그림이 잡지 한 면을 가득 채웠습니다.
푸른 바탕에 바둑판같이 수많은 칸을 만들고
그 속에 하나하나 점을 찍었더군요.
단순한 구도였지만 눈을 뗄 수가 없었습니다.
그때 그런 생각이 들었습니다.
'저 점은 사람이야. 그리운 얼굴들을 그리며 찍었군.
어머니, 누이, 소꿉친구들, 그 애, 외할머니,
옆짝, 단짝, 만나고 헤어진 이들, 만날 사람들······'
그래선지 점의 크기와 모양이 모두 달랐습니다.
그 속에 담긴 그리움의 양은 어땠을는지요.

지난겨울 서울서 김환기 특별전에 갔습니다.
그 그림은 제 키보다 큰 대작이더군요.
비슷한 그림이 스무 개 정도 더 있었습니다.
점을 합치면 하늘의 별보다 많아 보였습니다.
그때 또 그런 생각이 들었습니다.
'그 사람들이 모두 별이 되었구나. 누구든
오래 그리워하면 우주에서 다시 만나는구나.
그리고 마침내 우주와 하나 되는구나.'
되돌아서기를 반복하며 한나절을 보냈습니다.
저녁 때 길 건너 경복궁에 들어서는데
하늘 가득 눈이 내리기 시작했습니다.
마치 별이 점점이 내리는 것 같았습니다.

내 인생의 제목

오늘 '수필창작' 시간에
제목 달기 공부를 했습니다.
실습 시간에 '내 인생의 제목 정하기'를 하는데
모두 너무 시시합디다.
아름답고 화려한, 진정 바라는 최고의 모습을
그려보지 않은 것은 설마 아니겠지요.
인생은 언젠가는 바라는 대로 되는 것 아닌가요.
코엘료의 말에 공감합니다.
"절대로 꿈을 포기하지 말게.
자네가 무언가를 간절히 원할 때,
온 우주는 자네의 소망이 실현되도록 도와준다네."

다시 내 인생의 제목을 생각해 보시지요.

자신을 사랑한다는 것은 꿈이 있다는 얘기입니다.

그리고 꿈은 대체로 거짓말같이 이루어집니다.

그래서 꿈이지요.

적자생존

언제부터 방금 읽은 앞 쪽 내용이 가물가물했는데
이제는 바로 윗줄의 내용도 되짚을 때가 많습니다.
익숙한 이름과 단어가 문득 막히는 경우도 있지요.
중년만 되어도 그런 넋두리 하는 사람 여럿입니다.

직장 상사 부인이 사고로 식물인간이 됐다고 해서
사십대 회사원이 병원으로 병문안을 갔습니다.
갑자기 식물인간이라는 말이 떠오르지 않더랍니다.
상사 앞에서 엉겁결에 이렇게 말하고 말았더군요.
"사모님이 야채인간이 되셨다니 너무 놀랍습니다."

갈수록 초록이 바람에 씻기듯 기억이 엷어집니다.
소중한 순간순간이 영 사라져버릴 수도 있습니다.
경험도 지식도 그냥두면 점점 희미해지고 맙니다.
기록하고 간추리고 자꾸 쓰야 하는 이유입니다.
꽃피고 꽃 지던 기억도 벌써 아득하지 않습니까.
스치는 상념을 잡아두면 반짝반짝 별이 되어 오지만
그냥 기억만 믿으면 그냥 바람으로 지나갑니다.

오늘 이 무더위도 꼼꼼하게 기록해야지요.
그래야 언제 불러내어 혼을 낼 수 있을 테니까.

오늘은 내 이름 내가 속삭이며 토닥여 보시지요.
사랑한다, 사랑한다, 토닥토닥

제7부

기다림은 예술이다

기 적

종교 모임에서 '기적'에 대한 나눔을 하게 되었습니다.
공부하면서 기적의 의미에 대해서 생각해 보았습니다.
누가 그러더군요.
마음 한 번 바꾸니 하루하루가 그대로 기적이더라고.
밤이 가고 날이 새고 눈뜨고 숨 쉬는 것도 놀랍고
어제와 같은 하늘도 어제와 다른 바람도 기적이라고.

'브루스 올마이티'라는 영화에서
항상 불만에 차 있는 남자에게 창조주가 그럽니다.
"자네 기적을 보고 싶은가? 그러면 스스로 기적이 되게나."

기적을 보여주는 사람은 이제 없습니다.
저 산이 한순간 바다로 변하는 일도 없겠지요.
기적은 자신 안에서 이루어지고 보이는 눈에만 보입니다.

가장 큰 기적은 어제와 다른 당신입니다.
'산다는 것은 변화하는 것이고
잘 살았다는 것은 변화했다는 것이다.'
변화가 곧 구원이고 그것이 기적입니다.
열정과 끈기가 기적을 만들어 간다면
기적을 받아들이는 마음을 만드는 것은
감사겠지요.
그리고 겸손.

기다림은 예술이다

아카시아 꽃이 집니다.
떨어져 누운 꽃잎이 더 많습니다.
그 곁에서 잠시 머물러
지난 주 화려할 때 향기를 맡습니다.
더 오래 있으니 더 오랜 향기도 옵니다.

오래 앉아 있는 것, 참 좋은 일인데요.
전에는 진득이 기다리지 못하고
왜 그리 안절부절 서성댔던지.
글을 쓰는 것도 그렇습니다.
책상 앞에 죽치고 있으면 이윽고 익은 말들이
때가 되어 하나 둘 별처럼 돋아납니다.
'시간이 아름다운 것은 기다림이 있기 때문이지요.
그래서 기다림은 예술입니다.' (송봉모)

기다리지 못해서 잃어버린 단어들
기다리지 못해 만나지 못한 이들도
오래 앉아 있으면 다시 찾을 수 있겠습니다.
더 오래 잊었던 아카시아 향기처럼.

기다림이 있어 삶은 예술입니다.

사 막

오월의 마지막 날입니다.
온다던 비는 멀리서 오고
해지고 산그늘이 내립니다.
올 봄은 참 좋았습니다.
필 꽃은 다 피어 눈부셨고
잎들은 더 싱그러웠습니다.
사람들도 모두 착했습니다.
당신은 아시지요.
당신이 제일 눈부시고 싱그러웠던 것을.
오늘밤은 천천히 보내고 싶습니다.

가는 봄을 위하여
외로울 날들을 위하여
혹시 너무 외로울 당신을 위하여

사막을 생각합니다.

'그 사막에서 그는
너무도 외로워
때로는 뒷걸음질로 걸었다.
자기 앞에 찍힌 발자국을 보려고.'
　　〈사막〉 오르텅스 블루

자산어보

신유박해(1801년) 때 정약전은 귀양을 갑니다.

당시 보름 뱃길인 흑산도는 세상 밖이었습니다.

거기서도 죽음의 공포는 떨치기 어려웠습니다.

약전은 흑산도를 자산도로 고쳐 불렀습니다.

검을 흑(黑)자가 아무래도 불길했겠지요.

수년이 지나고 마음을 좀 추스린 그는

섬 근해 해양 생물 총 55류 226종을 다룬

역작 '자산어보'를 팔 년에 걸쳐 완성합니다.

누구는 세상에서 제일 슬픈 책이라고 했습니다.

하염 없는 절망과 그리움이 만들었을 테니까요.

십오 년 만에 결국 사약이 섬에 도착했습니다.

걱정 없는 사람, 근심 없는 집 없습니다.
힘들고 답답하면 약전을 생각해 보시지요.
종일 바다를 바라보고 물고기를 따라가던
그 마음과 그 발길을 따라가 보시지요.
아무려면 그보다 더 어둡고 막막하겠습니까.

기다림은 예술이다

내 병은 내가 고친다

사나흘 잠을 좀 설쳤습니다.
친구가 갑자기 입원을 했거든요.
수술을 받아야 하는데 수술이 잘 되어도
완치는 어려울 것이라고 합니다.
늘 건강을 자신하던 그는
퇴직 후 새로운 삶을 준비하고 있었지,
죽음은 전연 생각하지 않고 있었습니다.
"나는 준비가 안 되었는데."
친구의 말이 갈수록 아픕니다.
누군들 그날을 준비했겠습니까.
문득 나에게 올 줄 짐작이나 하겠습니까.
자신의 시간은 늘 넉넉한 줄 알지요.
그저께 내리던 빗소리는 잘 들었는지.

오늘 맑은 햇볕을 보고나 있는지.
그 슬픔을 나눌 수 없어 섭섭하지만
그가 매순간 최선의 선택을 하리라 믿습니다.
기적은 간절히 바라는 사람에게 온다는 것,
자신의 병은 결국 자신이 고친다는 것도
알게 되리라 믿습니다.

눈물

세 번이나 암에서 완치된 노학자가 있습니다.
그 비결을 묻는 기자에게 이런 답을 하더군요.
"의사의 처방대로 음식과 운동에도 유의했지만
때때로 실컷 운 것이 도움이 된 것 같습니다."
마흔에 첫 수술하고 집에 혼자 있을 때였습니다.
너무 아프고 너무 외로워서 눈물이 났습니다.
가난했던 어린 시절, 가족들, 학문에 대한 열정,
이루지 못할 꿈이 슬퍼 소리 내어 울었습니다.
울수록 서러움은 더해지기 마련이지요.
그날 발버둥 치며 한나절 족히 통곡을 했습니다.
울음 끝에 뭔가 시원하고 홀가분했습니다.
그 후 울보가 되었고 몸도 점점 가벼워졌다는군요.

눈물은 안에 고여 있던 것이 흘러나오는 것이지요.
울기만 잘 해도 웬만한 마음의 병은 낫겠습니다.
그리고 질병은 대부분 마음에서 비롯하니까요.
그래서 울음은 정화이며 눈물은 치유입니다.
빠질 것이 빠져야 진짜 웃음과 평화가 오지요.
한 번도 울지 않는 사람 그래서 좀 무섭습니다.
잘 우는 당신 그래서 참 좋습니다.
그리고 맨 나중 가장 맑은 것도 눈물입니다.

탁탁 털고

우울증을 서구에서는 '마음의 감기'로 여깁니다.
우리는 정신질환으로 여겨 잘 드러내지 않습니다.
그래서 상태가 점점 나빠지고 환자 수도 늘어납니다.
이번에 '정신질환'에서 제외된 것을 계기로
우울증에 대한 인식이 달라졌으면 좋겠습니다.

우울한 일이 없는 날은 없습니다.
섭섭한 것은 사랑하기에 그렇습니다.
답답한 것은 길을 찾기에 그렇습니다.
정 섭섭하고 답답하면 사나흘 누우시지요.
감기는 그냥 푹 쉬면 반드시 낫습니다.
탁탁 털고 일어나면 아무 것도 아닙니다.
전연 고민하지 않는 사람은 맛이 없습니다.

평생 감기 한 번 안 걸린다는 사람처럼.

동생이 불평을 합니다.

"성아. 왜 비가 오고 밤이 오노?"

형이 다독입니다.

"햇빛만 비치면 사막이 된다."

병들어보지 않으면

어제 서울에 친구의 병문안을 갔습니다.
어려운 수술을 받은 지 열흘이 되었습니다.
한나절쯤 있으려다 반 시간 만에 나왔습니다.
앉아있는 것도 말하는 것도 힘들어 했습니다.
서둘러 차표를 바꾸어 내려오는 차를 탔습니다.
창밖에 지나가는 풍경은 여전했습니다.
그의 미소, 우리가 즐거웠던 때를 생각했습니다.
이제 예전으로 돌아가기는 좀 어렵거나
돌아갈 수 있어도 오래 걸릴 것 같았습니다.
초대 받지 않은 손님처럼 문득 찾아온 병이
모든 것을 바꾸어 놓았습니다.
그래도 좀 안심이 되었습니다.
고통 속에서도 그가 이미 편안해 보였으니까요.

어떻든 좋게 되어갈 것 같습니다.

병실 탁자에 있던 시 몇 구절을 기억합니다.

> 병들어보지 않으면 바칠 수 없는 기도가 있습니다.
> 병들어보지 않으면 믿을 수 없는 기적이 있습니다.
> 병들어보지 않으면 들을 수 없는 음성이 있습니다.
> 병들어보지 않으면 가까이할 수 없는 성전이 있습니다.
> 병들어보지 않으면 우러러볼 수 없는 얼굴이 있습니다.
> 아―병들지 않았으면 나는 인간이기조차 어려웠을 것입니다.
> 〈병들어보지 않으면〉 코우노 스스무

아프지 않은 사람은 없습니다.

고치지 못할 병도 없겠습니다.

그리고 인간은 그렇게 인간으로 되어져 갑니다.

토닥토닥

소소의 기쁜 편지

나는 너를 토닥거리고
너는 나를 토닥거린다.
삶이 자꾸 아프다고 말하고
너는 자꾸 괜찮다고 말한다.
바람이 불어도 괜찮다.
혼자 있어도 괜찮다.
너는 자꾸 토닥거린다.
나도 자꾸 토닥거린다.
다 지나간다고 다 지나갈 거라고
토닥거리다가 잠든다.

〈토닥토닥〉 김재진

혼자이지 않은 사람은 없습니다.
외롭지 않은 사람도 없습니다.
아프지 않은 사람을 아직 보지 못했습니다.

당신은 외롭고 나는 아픕니다.

나도 외롭고 당신도 아픕니다.

그래서 서로서로 토닥여야지요.

괜찮다고 괜찮을 것이라고

다 지나간다고 다 지나갈 것이라고.

오늘은 내 이름 내가 부르며 토닥여 보시지요.

사랑한다. 사랑한다. 토닥토닥

그리고 아시는지요.

당신은 사랑 받기 위해 태어났다는 것,

지금도 사랑 받고 있다는 것을.

생활의 발견

재작년에 무릎이 불편해서 서울의 병원을
한 달에 한 번씩 다녔습니다.
양쪽 무릎에 스무 대쯤 주사를 맞는데 참기 어려울 때도
있었습니다.
네 번째 날 의사가 초음파로 주사 놓을 자리를
표시하면서 말했습니다.
"앞으로 상당 기간 무릎 때문에 걷기 힘든 일은 없을 것입니다."
그리고 천천히 조심스럽게 주사를 놓기 시작했습니다.
그런데 그날은 너무 아팠습니다.
근육이 굳어지면서 바늘을 거부하는 것 같았습니다.
더 아프고 힘든 시간을 보내는 이들을 생각해
보았습니다.

어디서 들은 어느 부부의 모습이 떠올랐습니다.

오랜 병고에 시달린 남편은 주사 맞는 것을 몹시 힘들어
했습니다.

날마다 서너 번씩 맞는 그 주사 바늘은 굵고 길었을 테지요.
아내가 남편을 안고 다정한 미소를 지으며 달래듯이
말했습니다.

"여보, 바늘이 들어오는 순간에 바늘을 몸 안으로
맞아들이는 것처럼 천천히 숨을 들이쉬어 봐요.
마치 바늘을 환영하는 것처럼 말예요."

남편은 어린애처럼 아내가 시키는 대로 천천히 숨을
들이쉬기 시작했습니다.

숨을 크게 들이쉬고 천천히 호흡을 계속했습니다.
세포들이 열리면서 바늘이 쉽게 들어오도록 배려하는 것
같았습니다.

차츰 새롭게 들어올 때마다 편안하게 받아들일 수
있었습니다.
뒷정리를 하면서 간호사가 밝게 웃으며 칭찬을 하더군요.
"오늘은 정말 잘 참으셨네요."

요즘도 때때로 그들을 생각하며 천천히 숨을 들이쉬곤
합니다.